Horacio

El cerdito que quería
ser caballo de carreras

FRANCO SOLDI

ILUSTRADO POR PEDRO BASCÓN

uranito

URANITO EDITORES
ARGENTINA - CHILE - COLOMBIA - ESPAÑA
ESTADOS UNIDOS - MÉXICO - PERÚ -URUGUAY - VENEZUELA

Horacio

El cerdito que quería ser caballo de carreras

ISBN: 978-607-7480-69-3
1ª edición: agosto de 2016

© 2016 *by* Franco Soldi
© 2016 de las ilustraciones *by* Pedro Bascón
© 2016 *by* Ediciones Urano, S.A.U.
Aribau, 142 pral. 08036 Barcelona

Ediciones Urano México, S.A. de C.V.
Av. Insurgentes Sur 1722 piso 3, Col. Florida,
México, D.F., 01030. México.
www.uranitolibros.com
uranitomexico@edicionesurano.com

Edición: Valeria Le Duc
Diseño Gráfico: Joel Dehesa

Written by Franco Soldi

HORACIO

The piglet who wanted to be a race horse

Illustrated by Pedro Bascón

Horacio was a piglet who lived in a farm. Like all piglets, Horacio liked lots of things.

Horacio era un cerdito que vivía en una granja, como a todos los cerditos, le gustaban muchas cosas.

Le encantaba comer de todo, pero en especial disfrutaba mucho de los pasteles, las golosinas, los dulces y los bizcochos.

He loved to eat everything, but above all he really enjoyed cakes, titbits, candy and sponge cakes.

He also liked sleeping for hours on end and frolicking in the mud with the other piglets.

TAMBIÉN LE GUSTABA DORMIR LARGAS HORAS Y RETOZAR EN EL LODO CON LOS DEMÁS CERDITOS.

EN FIN, ERA UN CERDITO COMO CUALQUIER OTRO.

All in all, he was just like any other piglet.

A PESAR DE QUE DISFRUTABA SU VIDA COMO CERDITO,
A VECES HORACIO SE PREGUNTABA SI SU DESTINO LE GUARDABA
ALGO ESPECIAL. ÉL QUERÍA SER ÚNICO, UN CERDITO FAMOSO,
PERO NO SABÍA POR DONDE EMPEZAR.

Although he enjoyed his life as a piglet, at times Horacio wondered if
fate had anything special in store for him. He wanted to be unique, a
famous piglet, but he didn't know where to begin.

One fine day, Horacio was playing in the mud when a very large truck drove up to the farm.

UN BUEN DÍA, HORACIO ESTABA JUGANDO EN EL LODO CUANDO A LA GRANJA LLEGÓ UN CAMIÓN MUY GRANDE.

HORACIO CURIOSO SE PARÓ FRENTE AL CORRAL PARA OBSERVAR POR QUÉ TANTO JALEO Y VER QUÉ HABÍA EN AQUEL CAMIÓN.

Horacio approached the fence with curiosity to find out what was all that racket about and what was inside that truck.

The doors opened and a handsome thoroughbred racehorse came out.

Las puertas se abrieron y descendió un hermoso caballo de carreras pura sangre.

Horacio quedó impresionado por lo fuerte y hermoso que era.

Horacio was impressed by how strong and handsome he was.

For days Horacio watched as the horse trained and ran through the fields with elegance and style.

DURANTE DÍAS, HORACIO OBSERVÓ CÓMO EL CABALLO ENTRENABA Y CORRÍA POR LOS CAMPOS CON ELEGANCIA Y ESTILO.

HORACIO TOMÓ UNA DECISIÓN. ÉL SE CONVERTIRÍA EN CABALLO DE CARRERAS.

Horacio made a decision. He would become a race horse.

Lo PRIMERO QUE HIZO FUE VISITAR AL CABALLO PARA PEDIRLE SU AYUDA Y CONSEJO.

- HOLA, LE DIJO. ME LLAMO HORACIO.

- Y YO ME LLAMO SULTÁN, DIJO EL CABALLO, CON UNA SONRISA.

- ESTOY AQUÍ PARA VER SI ME PUEDES AYUDAR, SULTÁN, ¿SABES? QUIERO CONVERTIRME EN CABALLO DE CARRERAS COMO TÚ.

—Hello, he said. My name is Horacio.
—And my name is Sultan, the horse said with a smile.

—I'm here to see if you can help me, Sultan. You see, I want to become a race horse like you.

Sultan burst out laughing.

SULTÁN SOLTÓ UNA CARCAJADA.

— HORACIO, LO SIENTO PERO TÚ NO PUEDES SER UN CABALLO DE CARRERAS.

— ¿POR QUÉ? PREGUNTÓ HORACIO.

— PRIMERO, PORQUE TÚ ERES UN CERDITO Y NO UN CABALLO.

—Horacio, I'm sorry but you can't be a race horse.

—Why not? —asked Horacio.

—First of all, because you're a piglet and not a horse.

Sultan could see that
Horacio was
getting very sad.

SULTÁN PUDO VER
CÓMO **H**ORACIO SE
PONÍA TODO TRISTE.

- **P**ERO, DIJO **S**ULTÁN,
SÍ PUEDO AYUDARTE A
CONVERTIRTE EN EL
CERDITO MÁS VELOZ
DE LA GRANJA Y TAL
VEZ DEL MUNDO.

Sultan said:
—But I can help you become
the fastest piglet in the farm
and perhaps in the whole world.

This really cheered Horacio up. He could be famous.

—Yes, help me, please.
—But the price is high —replied Sultan with a severe expression.

Esto alegró mucho a Horacio. Podría ser famoso.

- Sí, ayúdame por favor.

- Pero el precio es alto, dijo Sultán con gesto severo.

- Estoy dispuesto a pagar cualquier precio, contestó Horacio

- Pues entonces, empecemos.

—I'm willing to pay any price —answered Horacio.
—Well, then, let's begin.

SULTÁN PREPARÓ PARA HORACIO UNA ESTRICTA RUTINA DE EJERCICIOS. TENÍA QUE LEVANTARSE MUY TEMPRANO POR LA MAÑANA ANTES DE QUE SALIERA EL SOL, Y CORRER POR MUCHO TIEMPO, MIENTRAS TODOS LOS DEMÁS DORMÍAN PLÁCIDAMENTE.

Sultan prepared a strict exercise routine for Horacio. He had to get up very early in the morning, before sunrise, and run for a long time while all the other piglets were still sleeping peacefully.

But what bothered Horacio the most was the question of meals.

PERO LO QUE MÁS LE MOLESTABA A HORACIO ERA EL TEMA DE LAS COMIDAS.

YA NO PODÍA COMER PASTELES, GOLOSINAS Y BIZCOCHOS. TENÍA QUE COMER COMIDA MUY SANA COMO AVENA, FRUTA Y FIBRA.

He could no longer eat cakes, titbits, candy and sponge cakes. He had to eat very healthy food like fodder, fruit and fibre.

Then he had to do more tiring exercises
during the afternoon.

DESPUÉS TENÍA QUE HACER MÁS
EJERCICIOS CANSADOS DURANTE
LA TARDE.

YA NO TENÍA TIEMPO DE
RETOZAR EN EL LODO.

He no longer had any time
to frolic in the mud.

He complained all the time

He fought with everyone

He made a fuss because he was hungry

A LOS 4 DÍAS DE ENTRENAMIENTO, HORACIO ESTABA DE MUY MAL HUMOR.

SE QUEJABA TODO EL TIEMPO

SE PELEABA CON TODO EL MUNDO

LLORIQUEABA PORQUE TENÍA HAMBRE

SE QUEJABA PORQUE TENÍA SUEÑO

GRUÑÍA PORQUE ESTABA CANSADO

REFUNFUÑABA PORQUE NO TENÍA TIEMPO DE JUGAR

He whined because he was sleepy

He complained because he was tired

He whined because he had no time to play

Horacio shared his feelings
with Sultan.

HORACIO LE CONTÓ
LO QUE SENTÍA.

SULTÁN LE DIJO
CON VOZ PROFUNDA.

- HORACIO, TODO
EN LA VIDA TIENE
UN PRECIO.
¿ACASO PENSABAS
QUE SER EL
CERDITO MÁS
VELOZ SERÍA FÁCIL?
¿CREES QUE LAS
COSAS BUENAS
NO CUESTAN
NADA?

He replied in a deep voice:
—Horacio, everything in life has a price. Did you think
that being the fastest piglet would be easy? Did you
think that good things required no effort?

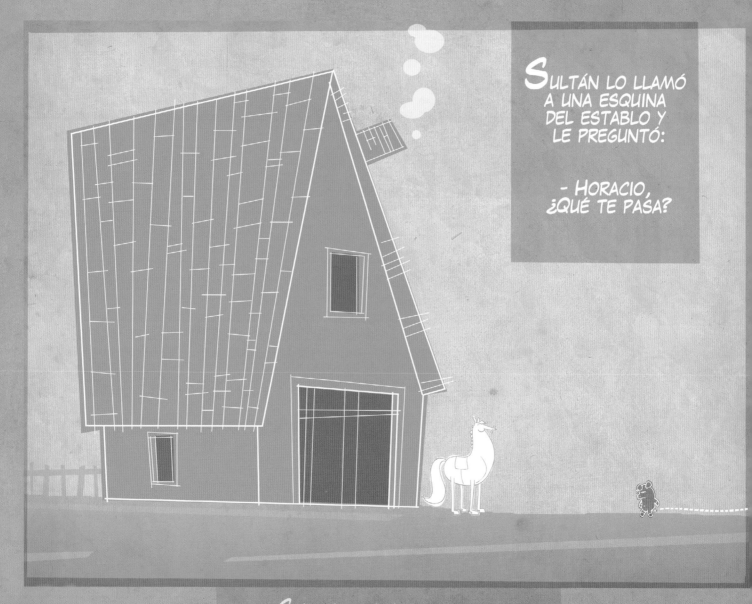

Sultan brought him to a corner
and asked him:
—Horacio, what's wrong with you?

Horacio realized Sultan was right. He had thought it would be easy.

HORACIO SE QUEDÓ PENSANDO.
SULTÁN TENÍA RAZÓN.
ÉL HABÍA IMAGINADO QUE
SERÍA SENCILLO.

SULTÁN
AGREGÓ:

- HORACIO, SI
DECIDES SER EL
CERDITO MÁS
VELOZ TIENES
QUE PAGAR EL
PRECIO EN
TRABAJO,
ESFUERZO Y
SACRIFICIO, Y
ESTÁ BIEN.

SI DECIDES SER
UN CERDITO
NORMAL COMO
TUS AMIGOS,
TAMBIÉN
ESTÁ BIEN.
TE RECOMIENDO
QUE SEAS UN
CERDITO FELIZ.

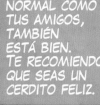

Sultan added:
—Horacio, if you decide to be the fastest
piglet you have to pay the price in work,
effort and sacrifice, and that's good.

If you decide to be a normal piglet like
your friends, that's good too. But most
important, you have to be a happy piglet.

But Horacio, (and here, Sultan used a more severe tone) being a piglet who complains all the time is nonesense.

PERO, HORACIO, (Y AQUÍ SULTÁN UTILIZÓ UN TONO MÁS SEVERO) SER UN CERDITO QUE SE QUEJA TODO EL TIEMPO NO TIENE SENTIDO.

ES TU DECISIÓN.

It's your decision.

Sultan smiled at Horacio, turned away and went back to his stable.

Horacio continued to think. He had a decision to make.

SULTÁN SONRIÓ, SE DIO LA VUELTA Y SE METIÓ EN SU ESTABLO.

HORACIO SE QUEDÓ PENSANDO. TENÍA QUE TOMAR UNA DECISIÓN.

¿QUÉ CREES QUE DEBERÍA HACER HORACIO PARA SER FELIZ?

What do you think Horacio should do to be happy?

23

ESCRIBE AQUÍ CÓMO CREES QUE TERMINA LA HISTORIA DE HORACIO:

Final alternativo

Horacio creció feliz en la granja y él y Sultán siguieron siendo grandes amigos.

Horacio no fue el cerdito más rápido del mundo, pero sí se convirtió en el más rápido de la granja y su vida nunca volvió a ser igual.

Ahora disfruta sus entrenamientos y sabe que tiene que esforzarse y entrenar duro aún cuando sus amigos estén jugando en el barro.

Se dice que Horacio sale a correr cada día con un grupo de cerditos a los que entrena, repitiendo los mismos consejos recibidos de su amigo Sultán.

Alternative Ending

Horacio grew up happily at the farm and he and Sultan remained great friends.

Horacio wasn't the fastest piglet in the world but he did become the fastest on the farm and his life was never the same again.

Now he enjoys exercising and he knows he has to work and train hard while his friends are playing in the mud.

It is said that Horacio goes running every day with a group of little piglets that he trains using the same advice he received from his friend Sultan.

No importa lo que Horacio decida, lo importante es que sepa lo que supone cada decisión que toma (el "precio" que tiene que pagar) y que sea feliz con ella.

La fama, la riqueza, el poder, el éxito, tienen un precio muy alto en cuanto a esfuerzo y sacrificio. Si decides pagarlo, disfruta del proceso. Si decides seguir como eres, acéptalo y disfrútalo también.

La felicidad no está en el resultado final, sino en saber disfrutar cada uno de los momentos que conforman el proceso que lleva a ese resultado.

CUALQUIER DECISIÓN ES BUENA,

Quedarse en el medio y quejarse sólo lleva a la frustración y la tristeza.

AUTHOR'S COMMENT

IT DOESN'T MATTER WHAT HORACIO DECIDES, WHAT IS IMPORTANT IS TO BE AWARE OF THE "PRICE" YOU HAVE TO PAY FOR EVERY DECISION THAT YOU MAKE, AND BE HAPPY WITH IT.

FAME, WEALTH, POWER AND SUCCESS, REQUIRE A VERY HIGH PRICE IN TERMS OF EFFORT AND SACRIFICE. IF YOU DECIDE TO PAY THAT PRICE, ENJOY THE PROCESS. IF YOU DECIDE TO CONTINUE AS YOU ARE, ACCEPT THAT AND ENJOY IT AS WELL.

HAPPINESS ISN'T FOUND IN THE FINAL RESULTS OF THINGS BUT IN THE ENJOYMENT OF THE MOMENTS THAT MAKE UP THE PROCESS.

ANY DECISION IS GOOD.

STAYING IN THE MIDDLE AND COMPLAINING ONLY CAUSES FRUSTRATION AND SADNESS.

ACERCA DEL AUTOR

FRANCO SOLDI

Es el autor de Brainy Fables y padre de tres niños.

Trabaja con jóvenes preuniversitarios en 'Young Potential Development' desde hace años y ahora Franco escribe para los más pequeños de la casa.

@francosoldi
www.francosoldi.com

PEDRO BASCÓN

Ha ilustrado Brainy Fables convirtiendo cada aventura en una experiencia visual para niños y padres.

Pedro trabaja como ilustrador desde hace diez años especializándose en el ámbito de la educación y la infancia.

cleverkids™

Una serie de
FRANCO SOLDI

Escritas para niños de entre 4 y 7 años, estas fábulas divertidas harán reflexionar a los pequeños de la casa. Con un mensaje moderno y útil fomentan el pensamiento creativo y ofrecen de manera lúdica estrategias para sobrellevar los obstáculos de la vida:

| Orientación a resultados y fortalecer autoestima. | Capacidad de pasar a la acción. | Gestión de la adversidad y apreciación por lo que tenemos. | Necesidad de tener pensamiento flexible. | Capacidad de soñar. |

Visita nuestra página de Facebook, ingresa este código y descarga tu app gratis.

922720174

NEXTstage productions   **www.brainyfables.com**

Brainy Fables apps han sido desarrolladas por la productora y distribuidora madrileña Next Stage.

f /UranitoMexico